プロテイアの花

小池圭子
Keiko Koike

文芸社

プロティアの花

目次

目次

Ⅰ

Ⅱ

I

ニューヨーク2001・9・11（アメリカ Ⅰ）

垂直都市の巨大病院オリエントグループの医師わが子働く

ブレークダンス踊りいたりき若者ら摩天楼はう霧の回想

世界貿易センタービルはゆっくりと崩れ泪のごときが湧きぬ

麻酔医なれば麻酔をかけて日が昇り日が沈み負傷者運ばれてくる

光の海の夜のニューヨーク真暗闇の母胎のごとし巨大ビル跡

ハイジャックされしま青な朝の空アイラブユーの禱りは母へ

瓦礫より白煙やまずブルックリンへ風が屍《かばね》のにおいを運ぶ

塵埃にまみれいぶせく薔薇さけりユニオンスクエアの慰霊集会

日本人探して三枚のビラを貼る日本人スーパーマーケットの掲示板

五街区は瓦礫の空虚パワーシャベルの動くを茫と仮設足場に見つ

アメリカ生まれの諒也は七つまだ見つからぬ死者たちひとつの人生を持つ

冬空より瀑布と垂るる星条旗煤《すす》に漆黒の壁にしたがう

セントポール教会の鐘鳴りわたり冬陽うち返す喇叭水仙

星条旗かかげ合う像の消防士丸帽かぶる逆光のなか

空中歩廊

トンネルを抜ければ銀のすすき原風が時間の穂わたを飛ばす

白鳥ときよらに抱きあう少女湖水のほとりにさざなみ受けて

小鳥らの朝《あした》の声の満ちしかばひとつ諳《そら》んずるタゴールの詩を

おさな子が握りつぶせしハムスター夏椿ちる土に埋めぬ

月食の一部始終を見ていたり身をさかしまに玻璃《はり》の蜥蜴《とかげ》は

演奏を終えチェリストのさげ帰るみどり児ふかく眠れる籠を

バイオ栽培の花々のごとし空中歩廊をたゆたい行ける若者たちは

蒼むまで磨くフォークを並べたり箱庭療法というがありたり

寒き風逃れて下る地下街のショウウインドの硝子の小鹿

美容部員という男性がわが頬に紅さしくるる昼のデパート

硝子窓に映れるも外を歩めるもあやめもあらず夕ぐれにけり

縛られて雨ざらしなる天金の全巻百科事典のあわれ

線岐《わか》れ岐《わか》れ着きたる高原駅まずしき心が雪を見たくて

切り株に日差しは温し寄りて咲く冬の菫を両手につつむ

天窓より月の光の射す部屋の隅にもぞもぞミドリガメいる

野の駅のホームに待てば陽炎《かげろう》のゆらぎて撓《たわ》む一輛電車

集積所に捨てたるせつな唐突にめざまし時計かっこうと鳴く

麦畑みどり起き伏す麦畑ケセランパサランは空のクリオネ

十三湖の朝《あした》の霧に採りしとぞ黝《くろ》ぐろ濡れて蜆《しじみ》がとどく

老医師のべっ甲眼鏡にほこり浮くことしの春の定期検診

こんこんと水湧きいずる水源林杜杜《とと》の森とて神を祀れる

眼のよわきわれは寄りゆくカエデ属メグスリノキの紅葉《もみじ》の下に

根巻きされ枝はらわれて横たわる欅《けやき》の一樹冬の公園

朝まだき郵便車いっせいに出動す見れば白髪の運転手多し

このコーナーにきてはかならず翻《ひるがえ》る母子のジュゴン昼ふかきかも

変り目の季節の風邪に宋の世のおみな飲みけん葛根湯《かっこんとう》を

はつ夏の天与の出逢い君こそは朴の花たかく風立ちにけり

住井すゑの言葉を愛す〈女は人間以上も以下も産めない〉

誓いのごとき一語と思う走る窓を吹かれ過《よぎ》れる黄蝶のふたつ

ヴァータ・ピッタ・カパ（南インド）

ま昼まは対峙夕べは添いてくる伽羅色《きゃらいろ》ふかきインドの砂漠

新塔花の刺うるみつつ白く咲く砂漠の朝の靄まとい咲く

砂漠への思いにきて会う駱駝市インディコブルーの秋空の下

砂のうえルピーを書きてまた消して遊びのごとし糶《せ》り合いながら

糶《せ》り落され仔どもの駱駝ひかれゆくふり返りふり返りとおき目をして

かわらけを熱砂に洗いギブネマ茶そそぎくれたり皮袋より

夕つ日が砂丘を叩き叩き落つ駱駝あつむる口笛の鋭き

身のうちに磁石を持てる隊長に意志あり星降る砂漠を旅す

咲き満つる胡椒の花の乳の色おさなく夢みし棉の花かな

頬骨をたたけば森の小鳥きて掌よりついばむ向日葵の種子

アーユルヴェーダの香油に病いを治すという医師を呼べるは終なる日のみ

ココナツ椰子・塩やく煙・糸車・南インドの冬の二十度

チルカ湖を発ちゆく渡りのコウノトリ螺旋なしつつ気流に乗りぬ

ボヘミアン・ヒッピー・宣教師それぞれの母国語に禱る世界の平和

あかときのせせらぎに似て隣る席ベジタリアンの祈りの声す

ガジュマルはあおあおと照り採りたての馬鈴薯のような子らに影さす

灼かれつつダージリンの丘に茶葉を摘むま青な空に浮かぶ絹雲

白皙《はくせき》の女サリーをなびかせてスクーターに去るポンディシェリーの村

水牛の角それぞれの家の色カラフルに染め荷をひきてゆく

木もれ陽の揺れ通し陽の揺れ通し空をみどりに蓋うガジュマル

パパメイアン咲きめぐりつつこの旅に「未生怨」の一語知りておののく

パブラ持つ吟遊詩人の父と子の水渉《わた》り野の陽炎《かげろう》となる

少年の帆を張るようなソプラノよ「インドはビンリー世界は花嫁」

足浸し象の仔呼べば鼻たかく上げて悠々沼の水吹く

水あれば水浴びをする少年の濡れたる身体花咲く立ち木

音連れて波たたみくる反復にマハハリプラムの海岸寺院

いにしえの劫のごとくに石を積む塔の階登る風おこしつつ

中空を鳶《とんび》が鳴けり硬質なその目に会えば急降下する

坂の街きてふりむけばインド洋まどかに浮かぶ白き客船

ベンガル湾の海に沿いきてふいに逢うガンジー、腰のベルトの時計

手を繋ぎサリーの女と波にあそぶ背中の翼をわれはひろげて

バナナの葉の青きに盛れる飯を食む指をもて食むほとほと旨し

船笛に応う船笛うす月に青きマンゴー積みて出で航く

マドラスのアポロ病院熱たかき身をば横たうアルミのベッド

消し炭のナースの指がいきいきと静脈さぐり熱さましうつ

シニヨンの髪ほどき心うち放つ母よ眠れとガイド・スニット

はつはつの目覚めの際の夢に舞う赤きサリーの風のおみなら

緑金のサリーに束髪ゆたかなる女医の朝《あした》の回診を受く

オカリナの音《ね》をこぼす鳥窓にいて一日《ひとひ》領さるる点滴注射

前の世はインドの妃とぞ我を言いサリー賜わる翼となさん

笑顔良き運転手ラジャ朝摘みの竜眼の実の手にこぼれつつ

デカン高原に棒立つ白き虹を見き熱ひきわれはピュアな少年

ヴァータ〈風〉ピッタ〈火〉カパ〈水〉の力をば誰も彼も人は皆持つ

赤胡椒・黒胡椒の道指しゆくは南の地の涯コモリン岬

朝霧をおし上げい鳴くまだら牛小さきは三角に跳ねて蹤きゆく

光る河おみなは濯ぎ椰子の実に似て褐色の子らは木の上

塩を焼く風の一族茅《かや》の家に椰子の葉の塀ひくくめぐらす

砂塵色の眼を持つというガンジーが自給自足を説き村をゆく

マリーゴールドのレイかけてありガンジーの墓標に刻む「おー神よ」

草笛の音にほそく泣く子の傷をサリーの母は舐めて万能

太陽の花

孟宗竹の里山にいて霧のなかうぐいすの声いまだ幼し

世を隔つ父をしのぶと植えたりし茉莉花《まつりか》さきて香わし幾日

垂直に切り立つ岩に若者ら甲虫となり登りゆくなり

中国産鉄瓶おおく出まわれば「本家」と札《ふだ》下ぐる南部鉄瓶

百年を経たるタブノキ枯れしかど薬液により再び芽吹く

情操教育の役目終えしか軒下にシートをかけてピアノ鎮座す

群馬フィルオーケストラのベートーベン八木節のリズムあり伏流のごとし

川岸にけさ摘みしとて蕗のとう淡きみどりを両手に受くる

ま処女《おとめ》の口に含みて縒《よ》りを掛《か》くる結城紬のあわれか細し

寝ころべば草に背中の冷え冷えと荒川土手に花火はひらく

丘陵に谺はしりて花火ひらき指笛を吹く異国の人ら

太陽の花とよばれし百日草なよなよ咲けりうす紅色に

滝のべにあかき花咲く水引草しぶきを受けて揺れつついたり

朝市の産みたて玉子に急降下とび去りゆけり鴉掠めて

山のなだりの茅ぶき屋根の福泉寺わかき女はシーツ陽に干す

蔦に幹を巻きしめられしが栴檀《せんだん》は花を掲《かか》ぐるうす紫に

千年の翌檜《あすなろ》の樹のやわき葉に風わたりきてその葉もまるる

カラーシャの布（シルクロード）

思いのはてに心にうかぶ楼蘭の蜃気楼はや光を曳けり

赤毛の髪に羽根をかざりて現《うつつ》とも楼蘭少女時とめどなし

タクラマカン砂漠の刺草《さしぐさ》・駱駝草しろき花片《はなびら》サラダに添えん

石油掘るおとこを冒す砂漠症そらへ砂の階のぼる孤独に

石油掘るプロペラまわり黄膚色《きはだいろ》の砂漠の砂紋移ろいやまず

通い婚アツーを今に楼蘭の裔ら胡楊の舟に漁《いさ》れり

胡楊の舟を操り漁《いさ》る若者に青空のような恋よきたれよ

翡翠の碧耳朶にゆれつつ処女子《おとめご》のギンゴーギンゴーと馬を励ます

染めあげてばっと展《の》べたり西域の空は群青カラーシャの布

オアシスの空天平のさざれ雲黄に追熟のハミ瓜を割く

月明のテントに双耳さえて聞くロコ湖に落ちし流星ひとつ

琴抱《いだ》く少女も乗れる駱駝隊鈴を鳴らして砂丘越えゆく

地磁気をば耳奥《じおう》に点し先立てり駱駝率《い》てつつ髭こき隊長

風に撓《しな》う並木をぬけてトルファンへ日に一本の定期バス発つ

楼門は風の入口トスメンの風は地を捲き矢と走りくる

「太陽に三本足の鴉住む」けむるがに眠る背籠のみどり児

たわむ樹に睦みあう白頭の猿ありて風ごうごうと蒼天に鳴る

シャンチンポウの風なぎ花のくれないを摘みためてゆくハニ族少女

雲にとどく棚田にハニ族少女たち恋唄うたい並び植えゆく

布を干す牛の尿《ゆばり》に染めて干す西域の春水浅葱空

葦の笛バラメイ吹けば湖に草魚がはねる郭公が鳴く

四合院の中庭槐の老樹立ち風吹けば揺れおさなは遊ぶ

愛《は》しきやし犬歯をけずり今日嫁ぐカナリヤ色の灯点す村へ

おとこ等の額すり寄せて見守《まも》るなか硝子器に蟋蟀《こおろぎ》ふたつ闘う

われに見よと展《ひろ》げしスザニ太陽のま中に燃ゆる婚礼の布

タクラマカン砂漠へつづく絹の道黄膚《きはだ》の色の旅人の道

II

青春18切符

定年の夫との旅の信濃路に満開の高遠のコヒガンザクラ見つ

支線にて仲良くなれる果樹園の女子高生は林檎おくると

青春18切符に桜追う少女と乗り換え駅に電車待ちたり

花影のゆれてわが髪なびきつつ逝きたる背高き父の背中が

咲き満つる桜のなかを夫と歩む彼方に光るアルプスの雪

筆談の文字美しき姉なりき榧《かや》を揺らして風わたりゆく

ほろほろと何か散りつつ匂いつつここも潤吉のわら屋根の村

もってのほかという名の菊の三杯酢熱の降りし夕べうましも

大いなる榎《えのき》の虚《ほら》に誰《た》が捨てしるいるいとして小鳥のむくろ

「道の駅」駅舎の梁《はり》のつばくらめ巣にさざめけり押すなったら押すな

旅友だち・畑友だち・飲み友だち古希すぎし夫の女友だち

弁当を温むとならぶ列ながし学生街の昼のコンビニ

合唱団の早朝練習少女らが呼び交いいたり花野の丘に

駅ひとつ歩く通勤の習慣をおとうと三人その父を継ぐ

ベランダのウォーターポピーの水にきて首都の雀の水浴びの音

クロスワード埋《う》めいる面《おも》をおもむろに上げて眼鏡屋店主の迎う

手にむすぶ冷たき水を飲める時仰ぐ人ある幸せにあり

運河とび追う清姫の描かれてその黒髪は炎と燃ゆる

オルゴールの埃布《ほこり》もて拭《ぬぐ》う時「乙女の祈り」鳴れるたまゆら

廃校の鉄棒ひくき校庭に葛の花萩の花みだれ咲く

春立つ日川上《かわかみ》澄生《すみお》館を訪う半世紀の勤め退きたる夫と

貸自転車かろやかに夫のチロル帽関東平野の川のひかりに

かの日々が澄生《すみお》の晩年杖をひきわが女子高の美術講師の

「はつなつの風になりたや」誦しつつ棟方志功は君の詩に彫る

人の邪魔になるな追いこすなと言いましき夢のごとしも生きし歳月

杉の森いくすじ高き朝の陽にそぞろ歩みぬたまものとして

蛍の木（ベトナム）

メコン河河骨《こうほね》の花の黄にみちて舳先を櫂をあずけてゆけり

隆々の肩が艫綱《ともづな》ひき寄するメコンの中州・ハンコーン村

カワゴンドウとて親しまれいる川海豚《かわいるか》夕日に跳ねる金に光りて

トアンカユアピアピとさけび駆けゆけりオーロラと光る蛍《ほうたる》の木へ

愛をもとむる蛍いく万たまきわる命の炎天柱と燃ゆ

すいと来て両手に包むヒメボタルすこし生ぐさき天の一滴

壁にいる守宮《やもり》のこして灯を消しぬ集魚灯にメコンのうねりの朱し

空は父メコン母なり貝殻骨すがしく朝の投網を放つ

千の支流メコンにありてモンスーン吹けば耳もつ雷魚を乾せり

編み笠に小舟操るホアさんのあこがれひとつ「雪に駆けたし」

地平まで水田続き水牛を追うおしゃべりな家鴨の仔たち

ガンジスの灰緑・メコンの茶褐色アジアの河は永遠をゆく

あおあおと水牛を少年の呼ぶ声がメコンのあかき河面を伝う

布袋《ほてい》葵《あおい》寄りくる木組みの船上に手庇《てびさし》に見る部分日食

ジャングルの支流へこぎゆく棹の音旅とおくきて憂いの果てず

家ごとのほそき艀《はしけ》が河に伸び雨水を貯むる屋根の水甕

空を剝ぐスコール過ぎてほろほろと山鳩鳴けり南国果樹園

蛇紋もつ日向《ひなた》の匂う生きものはウララと呼ばれ首にも巻かれ

たかき雲は西へひくきは東《ひんがし》へハンモックに揺れつついつしか眠る

水上市場へ朝の活力欲《ほ》りてゆく声あらあらとアジアの熱気

とりどりの旗ひるがえり船競う今宵ベトナムの月餅まつり

メコンデルタにもし生《あ》れしかば暁《あかつき》を変光星あおぎ航きて漁《いさ》らん

青青とマンゴー苗木担いゆく空抜けるスコールたちまち過ぎて

春巻を鉄鍋いっぱい揚げて売る野性を覚ますホーチミンの朝

昼食を帰るバイクの奔流がぐおっーと唸りをあげて行き交う

朴の葉にままごと遊びの花を盛る戦争記念館へ行く道のべに

鴉かと眼《まなこ》こらせば赤道の兵は少年の屍《かばね》ひきずる

真処女《まおとめ》の花とぞしろたえスーの花梔子《くちなし》に似れど匂うともなし

細魚《さより》のごときアオザイ少女立たしめて一樹さんさん黄の花しぐれ

ベトコンゲリラとして抵抗せしはクチの農民にして蝶貝のように美しき村

二百キロ手掘りの地下の要塞を若きらアスレチックと抜けて

枯葉剤まかれ一山枯れしかどいま背に満たぬ小楢がそよぐ

展覧会

ま昼まも星はあるはず総身を眼《まなこ》に見通す金子みすゞは

黒曜石の瞳しんかんと翳りつつ私淑とはげに隠花植物

蕩《と》けそうな手書きの詩集ひそめたる言葉ひびくも音叉《おんさ》のように

弟に託せし詩集しかすがに二十六歳のまま青き星

良く聴く耳良く見える眼を持ちたまえきれぎれかかる夕空の虹

風わたり蟬鳴きうつる森をきてエイブル・アート展「魂の対話」

捨てきれぬとクレー歎きし知的要素きみらは農作業のごとくに越えて

「よいお天気でマス」絵の裏にかならず記しあり戦争に障害受けたる君の

沈黙をぎゅっと握れば突き挙ぐるざわめく色たち、リズムある線

紙いっぱいのクレパスの裸婦立ちあがり服をまといてすぐに出でゆく

謎と皮肉をこきまぜ織れるアラビヤの絨緞われの無辺の小島

金のおくれ毛馥郁《ふくいく》の耳サスキヤの横顔われはつつしみ仰ぐ

大鷲の足にさらわれ幼児の放つ尿《ゆばり》に森のにおえり

風落ちて凍る運河を渡りゆく女・荷車・驢馬影ふかく

黒衣なるレンブラントがじっと見る老いの目の縁あかく爛れて

サスキヤと名の付くグラスの赤ワイン栄光の背に影しのび寄る

さそわれて都心の水族館へきぬ消化管すき泳ぐクリオネ

金のハンマー（マレーシァ）

丘に建つザビエルの像その上の常夏の空羽根雲うかぶ

千年の教会の扉《と》にすきまあり晶《すず》しき風とつばくらのため

月高く生絹《すずし》となれる海峡をサンタ・マリアは大和《やまと》の国へ

朝まだきマレー鉄道一輛にポンポン飾りの帽子の兵ら

赤道の太陽のがれ楡の下風満ちくれば共に揺れあう

マラッカ海峡ねむれるごとき海鳴りを聞きつつ登る廃墟の丘へ

断食あけの祭りおわりて闇ふかし今宵は雨月のイスラムの空

それぞれの民族の服街を行くチャイナ系・インド系・マレー系

スカーフの婦人駅長に見送られ郊外電車鈴鳴りて発つ

国内戦争の記念塔へと案内しすばやく塵をひろうコング君

椰子の葉が揉みあいはげしく叩き合い宙をつんざきスコール来り

護謨《ゴム》の木のプランテーション風落ちて青くさきタンピン駅におりたつ

駅のホームに一輪車遊びの少女たちクアラルンプール行きの電車まだ来ず

風吹けば風に羽化おえ翅のびて黒蝶消えゆく森の暗みへ

かぎりなく湧きてただよう木の葉蝶　熱帯雨林の泉のほとり

朝と夕列車の停まるタンピン駅錫《すず》に栄えしもはるけき日なり

マレー鉄道発祥と標す車止め草いきれはげしき雑草のなか

草合歓《くさねむ》を触れて眠らすかたわらを羽音はげしく鳩睦みあう

金のハンマー打ちおろす赤道の陽を逃れ高床式の珈琲館へ

列車の扉《と》手をもて開けくれ駅長の手袋白し挙手に見送る

マハカム川をロングボートに駆けのぼる飛沫に雨衣をうち濡らしつつ

風葬の誰《たれ》をつつみて凹みあり珊瑚礁なる白き岩壁

倒木の船着場を敏捷に君渡りわれも渡りてパトマジャ村へ

ロングハウスの廊下を風の吹きかわる熱帯雨林の湿りもつ風

保水力ゆたけき木なりキーグーは山刀に切りあふるるを飲む

召さるる日返す森なり太陽に輪郭くろく咲くラフレシア

III

身ぶるう仔犬

言語リハビリに集える人ら輪読す俊太郎の詩「うとてとこ」

キャベツの葉剝がしゆくとき露の玉散りたり身ぶるう仔犬のように

商店街毀《こわさ》れにける一軒はいったい何を商いいしや

計りくれ包みくれ言葉かけくるるわが下町の肉屋の店主

鳩の群れとび交う下に餌をまける人あり雪原に花芯のごとし

モノクローム映画「羅生門」に風ありて木もれ陽ありて男神跳る

マジックハンドつんと伸ばして摑みたり線路に落ちたる赤き手袋

棒をもて落葉の焚火育むは明日《あした》僧侶になれる青年

インドネシア渡りの根菜ルタパカの青き芽立ちを水に挿したり

図書室の机に読むはどことなく面輪《おもわ》似かよう老いたる夫婦

早春賦うたえばベッドに和す母よ栃木なまりのわれにつきくる

町内の医師ら輪番に講義する今日は「老いても惚けない食事」

ひとけなき昼をゆうらり寄りてきぬま白き鯉の片まなこなり

子の妻の少女となれる野づかさの家をめぐれる朝顔の花

ミドルネームはアリシア・日本名は瑠美チャールス河のほとりに生れて

集落のあればなだりに一族の山墓ありぬやまばとの声

敷石を飛びこすときにゆらぎたりタブの樹下の大根の花

明けそむる天窓の玻璃に蟬ひとつま青な翅をのばしつつゆく

サーカスの一座去りたり繫がれて雑草ふみしめいし驢馬の跡

油蟬きたりシーツに啼きいしが声止み落ちぬ見ればあお向く

工夫らの鶴嘴ふるう号令の野太かりけり雪の線路に

上級生にはさまれながら小学生罪負うごとく登校をする

オタキとて紫陽花に妻の名をつけて携え帰国をせしシーボルト

矮性の鉢植を置く三階に鳩きて蝶きて蟻這いめぐる

夕焼けの砂漠さまよう夢なりき四日五日と熱の高くて

老人の頭《ず》をなで背をなで回診の院長も老ゆ昼更《ふ》けの部屋

オルゴール高らかにトラック走り去る駅前放置自転車つみて

昼すぎの渋谷の茶房どの椅子もネクタイゆるめ男ら眠る

寺多きいずこの町の地図ならんファックスが吐く風の夕べを

ふっくらと車体に雪を積みしままわれを待ちおり赤き自転車

ポケットに黄の薔薇さして新聞を配る青年あさの道来る

残りしや残されにしや蓮の咲く池に泳げるすず鴨ふたつ

プロティアの花（南アフリカ）

黄の花のプロティアの原を駆けりゆく腕のばすごとき岬の突端《さき》へ

インド洋・大西洋をふた分けて灯台のなき岬《みさき》のり出す

海が生む白き棉雲わが立てる喜望峰の上をゆるやかに往く

こうこうと海鳥ふたつ鳴きかわし冬の入道雲ふかきにまぎるる

レインコート着て立つ潮霧《ガス》の断岸《きりぎし》に白き刃かけてくる波の反復

太陽の昇る国とやナウ船の白き帆の映え東洋を指す

嵐の岬とここを呼びすて去り航きし船乗りディアスのことわが思う

陽に映えてヴァスコ・ダ・ガマの帆の航けるとおき幻影　石ころ拾う

香料の盗人と今にガマの像焼かれると聞くカルカッタの祭り

南半球見なれぬ星座仰ぎ見る錨座《いかりざ》・羅針盤座《らしんばんざ》　船にかかわる

仰ぐ空の蠍《さそり》も獅子《しし》も逆《さか》しまに海すれすれに光るオリオン

天頂に南十字の輝きて日本はとおし雨降るという

アフリカにも四季あり浜のペンギンら交尾をおわり海へ入りゆく

いまは冬南アフリカの町をゆくデザートピーの花の緋の色

ゆだねたる乳房も赤子もかがやきてべんがら紅の大地に坐る

舐められて立ちあがりたる麒麟の仔サバンナの大き虹の輪の下

なつめ椰子に屋根葺く下にミントティの熱きを飲みぬサバンナの月

冴のように日本は遠しなぐわしと宝石店主握手もとむる

リンポポの川に濯げる女たち乳房まばゆくミトコンドリアイブ説

川のべのリーゼの穂わた光りつつ夕べの山へ仔の象帰る

夕映えのザンベジ川の川の面を滑走しハマコップ鳥飛びあがる

ビクトリアフォールズ虹をかざしつつ万雷の響きか氷河とくる音か

ピッパロスの風吹き雑草なびくなか野性のカラーの白凜凜と

素琴ひきユーカラに似てほとばしる英雄詩編篝火《かがりび》もゆる

〈母の町〉ケープタウンの丘に立つ空に星々の生《あ》れ揃うまで

ムトンドの樹は青年期わが内の青く透くまで天に響《とよ》もす

はればれとテーブルマウンテン濯《あら》いだし朝を過ぎゆく通り雨かな

パイナップルヘアーの男らモップあげ飛行機の胴体を洗うを見たり

食べ物の神を敬い女たち美《は》しき布もて髪をよそおう

どっと伸びある日はついと崩おれるバオバブの樹の巨きに寄りぬ

バオバブの大樹をめぐるワイナリー言祝ぐ思いに赤きワインを

飲まんばかりに酔芙蓉さき大学は教会のなごりのロマネスク式

いくめぐり眠りを覚めて月光というひと色のカラハリ砂漠

アフリカの人との別れにハグすればわれは天与の真珠色なり

雄の力雄の勇気をば奪いとるコンピューターとぞ巨き蟻塚

さびしさに魑魅《すだま》の唄う子守歌「困ったときのああ陽の光」

小学生の歴史の授業王朝の跡の礎石を手に触れしめて

マンデラの執務室つばめの飛び交えり紫けむるジャカランタの首都

カラハリの砂漠に生うる針葉樹の赤き葉と知るルイボスティは
マンデラの二十七年幽閉のロベン島はるか旗雲の下

クレソンの香り

聖書にはマンナと記すビスケット熱兆しくればしきりそを欲《ほ》る

楊貴妃と木札のたてる白牡丹ふいにくずれぬわが目の前に

クレソンの香れる卓に手を添えて直しくれたりわが箸づかい

鍾乳洞出でたる所に湧水あり底いの小石ふき上げながら

いく千年時経て成りし石筍やせまる別れは言うべくもなし

渋民村すぎつつ恋うれど怠りに寄らんとせざり啄木記念館

椰子みのるツバルと呼べる小さき島海に沈めて地球温もる

文字捨てしケルトの金の首飾り螺旋なす棕櫚の渦巻文様

はるかなるあこがれに訪うケルト展海豚《いるか》の留金《フィブラ》に輝く

青林檎籠に満たして橋をゆくわが娘にゆらぐ光のごとき明日

夕光にさざ波たつるガリラヤ湖記憶のペテロは年わかき漁夫

海底の貝の吐息に染めるという貝紫のストールを巻く

春されば白雲のように杏《あんず》咲くちちははの家毀《こわ》されにけり

君に嫁し五つ目となるまな板に鉋《かんな》をかけて平らかとなる

運動会の応援団長モモちゃんの吹くホイッスル歯切れの良くて

わが名前ケイコは歓喜の歌という戦争のなきラップランドに

綿棒に受粉をしたる君子蘭葉かげより青き蜥蜴ひらめく

子午線の明石までひたぶるにとどきいつグリニッチ天文台鎖されて久し

街路樹に花水木咲き冬ごもり解きしか老いたる八百屋の店主

子の住めるニューヨーク映す五秒ほどかぎりも知らに吹雪みだるる

垂直都市（アメリカ Ⅱ）

アメリカの永住権今日おりしとぞ薄墨桜さく朝にして

ニューヨークに麻酔医となる成行きに心結べるわが子なりけり

身の冷えてニューヨークの朝の通学バス背なのザックに教科書の無し

学校は自己主張をば学ぶところ好ましき悪しき子トム・ソーヤたち

薔薇星雲うず巻くつむじが並びゆくどの子もアポロンの末裔にして

障害をもつ子ら光の蕾なり若き先生は野性の玉葱

管《くだ》いっぽん鼻腔より垂るるまま給油おえハンディマークの車疾駆す

並木路を車椅子こぎ少女来るショートパンツの伸びやかな脚

星条旗の国に生まれてわれの瑠美抱けば匂うグリーンピースの

鎖国なるかの世に海越えここに在るクレマチス描く螺鈿《らでん》鏡台

朝霧をまとう国連ビル仰ぐジェンダーイクオリティ燦と輝け

閃きてセントラル駅にすべり入るアメリカ横断リミテッド号

コンパートメントの二階の窓にみはるかす地の涯までのサフラン畑

サッチモの厚き唇より迸《ほとばし》るトランペットが胸しめつける

若者のギターはげしきマリアッチ合わせてバスの乗客うたう

知る知らぬ旅人われも握手受くボンネットバスのハッピーニューイヤー

この旅の幸《さき》くを祈り眉青きナヴァホの神父祝福賜う

赤栗鼠の食みこぼす実を肩に受け遠き目をするぶらんこの夫

森の中渡りの蝶の飛び立てり輝く霧氷のように飛びゆく

オオツチドリの愛の身ぶりや逆立てばけざやかに見ゆ金色尾羽

蜂鳥がホバリングしつつ嘴《はし》に刺すアカシアの花さゆらぐばかり

月の夜光あつまり竪琴の弦を鳴らして風吹きゆけり

栗鼠の毛の柔きブラシに紅刷けばきょうを旅ゆく寂寥のわく

オーロラ

極北の教会を訪う尖塔の一角鯨の角《つの》の十字架

樺《かば》の燭におおいつつ燃え頰あかき聖母マリアは漁婦の面差し

北極狐の子別れの季節《とき》りょうりょうと鳴きつつ子狐の雪原を去る

緑のカーテン天十方にほしいままわが魂《たま》を巻き空へ吸い上ぐ

紫の光のシャワー降りそそぎ輝くあこがれ舞いおりてくる

オーロラ小屋薪ストーブを焚きて聞く異類婚姻説話のあわれ

タイガの森よりオーロラ投網ましぐらに満天の星々からめ奪えり

オーロラの雫のような牡丹雪ヴァン・ロゼのグラス揺らして受けぬ

月照らす凍湖のミヤマコハクチョウわが身の声と思うまで鳴く

白夜光のはぐくむグリーンピースという筋をとり生《なま》に食む氷紋の窓

流氷のさらいゆきたる馴鹿《トナカイ》を語りつつその糞に皮なめしゆく

トスさるる海豹《あざらし》の皮のトランポリン見張りは氷海に鯨を探す

たった今神話生れたりオーロラを口笛に呼ぶ老人の鬚

極北のノール岬に流氷は夕陽に染まり叫びをあぐる

あとがき

折にふれて鮮やかに思い出す小さな村の夕ぐれ時の光景がある。埃の舞う道路を挟んで杉皮葺きの屋並みに土壁の家が並んでいる。白に茶の斑牛がゆっくり道路を横切り、その後を仔牛が跳ねながら続く。まっ赤な鶏冠《とさか》のにわとりが道路の餌をついばみ、小さな黒いピンシャー犬が私の足元にまといついてくる。

ミレニアムを迎えた南インド。マドラスより最南端のコモリン岬を指して、海沿いを車で走った。その途中に運転手のラジャの生まれ故郷に立ち寄ったのだ。裸足にサリーをまとった女が草の箒で道を掃いている。やはり裸足の男が麻の白服を着て、ゆっくり自転車を漕いでくる。

人間と自然とのかかわりは年と共に深くなってゆくが、この村では人間と動物と自然が何の不思議もなく共生しているのだ。南インドの旅で会った名も知らぬ小さな村の光景。

この歌集は『夕空のゴンドラ』『ガンジスの人魚』に続く第三歌集になる。平成十年から平成十四年までの三百六十余首を、それぞれテーマごとにまとめた。制作年代は前後している。特に二〇〇一年の九・一一テロの衝撃は忘れられず、最初にもってきた。第二歌集と同様に、遠隔地への旅の歌が多い一冊となった。

旅をしながら、見知らぬ地名をつぎつぎと過ぎ、亭々と茂る見知らぬ木々を仰いだ。名も知らぬ川の流れをいくつも渡り、聞きなれない小鳥の声を追った。立ち去った人々を思い、幼い日々に出合った。そして小さな記憶をひとつずつ、手紙を書く思いで歌ってきた。

近藤芳美先生にはいつもあたたかい御指導をいただきまして、改めてここに感謝申し上げます。またとしこ夫人をはじめ『未来』の先輩や友人のおはげましに感謝いたします。

この歌集出版にあたり文芸社の小泉剛氏にお世話になりました。お礼申し上げます。

二〇〇三年二月八日

小池圭子

著者プロフィール
小池 圭子（こいけ けいこ）
昭和13(1938)年、栃木県に生まれる。1978年『未来』入会。近藤芳美氏に師事。埼玉県歌人会理事。第十三回埼玉県歌人会新人賞、第三十回埼玉文芸賞受賞。歌集に『夕空のゴンドラ』『ガンジスの人魚』がある。

プロテイアの花

2003年5月15日　初版第1刷発行

著　者　小池 圭子
発行者　瓜谷 綱延
発行所　株式会社文芸社
〒160-0022 東京都新宿区新宿1－10－1
電話 03-5369-3060（編集）
03-5369-2299（販売）
振替 00190-8-728265

印刷所　図書印刷株式会社

ISBN4-8355-5525-2 C0092